西廂記 遊殺

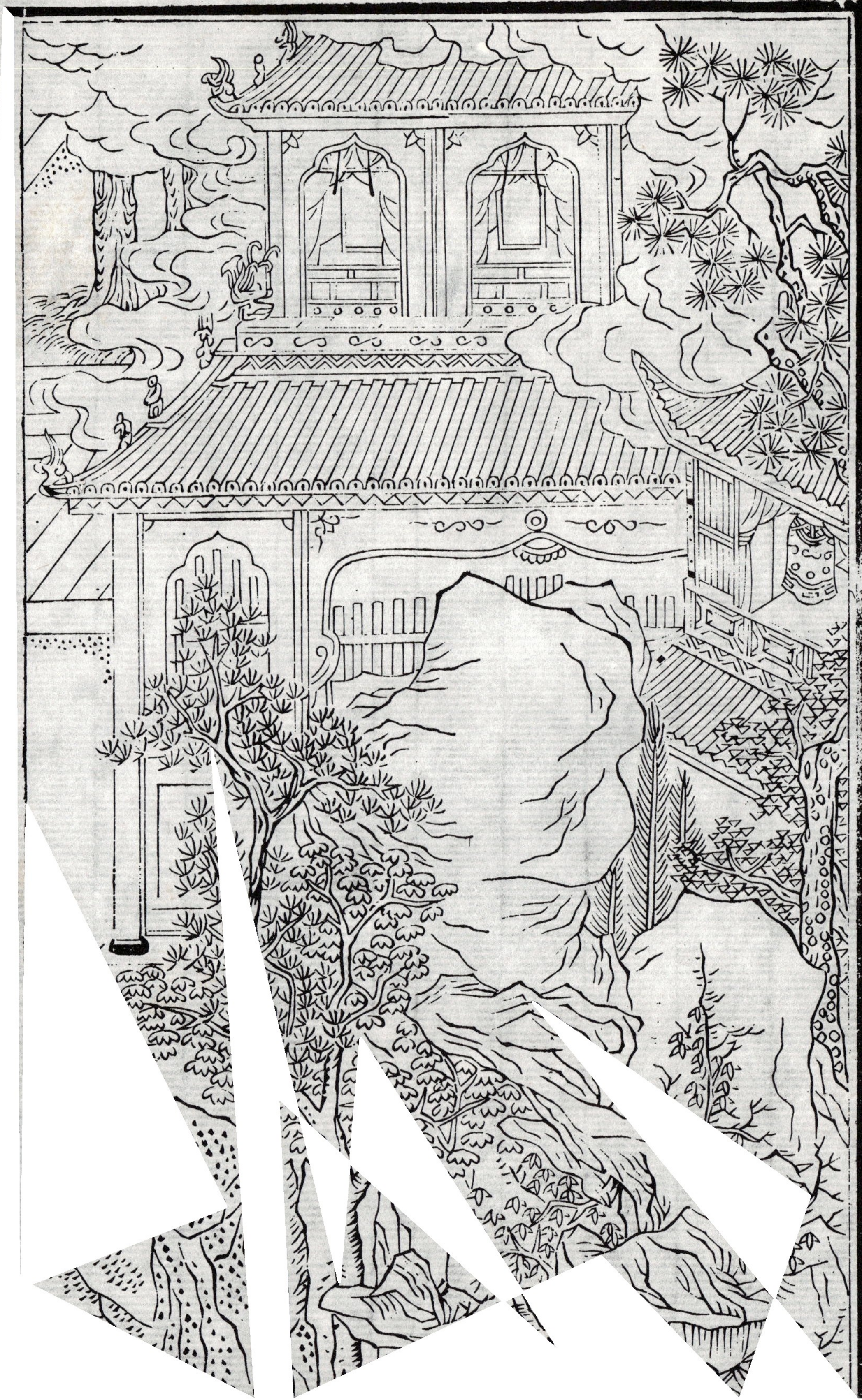

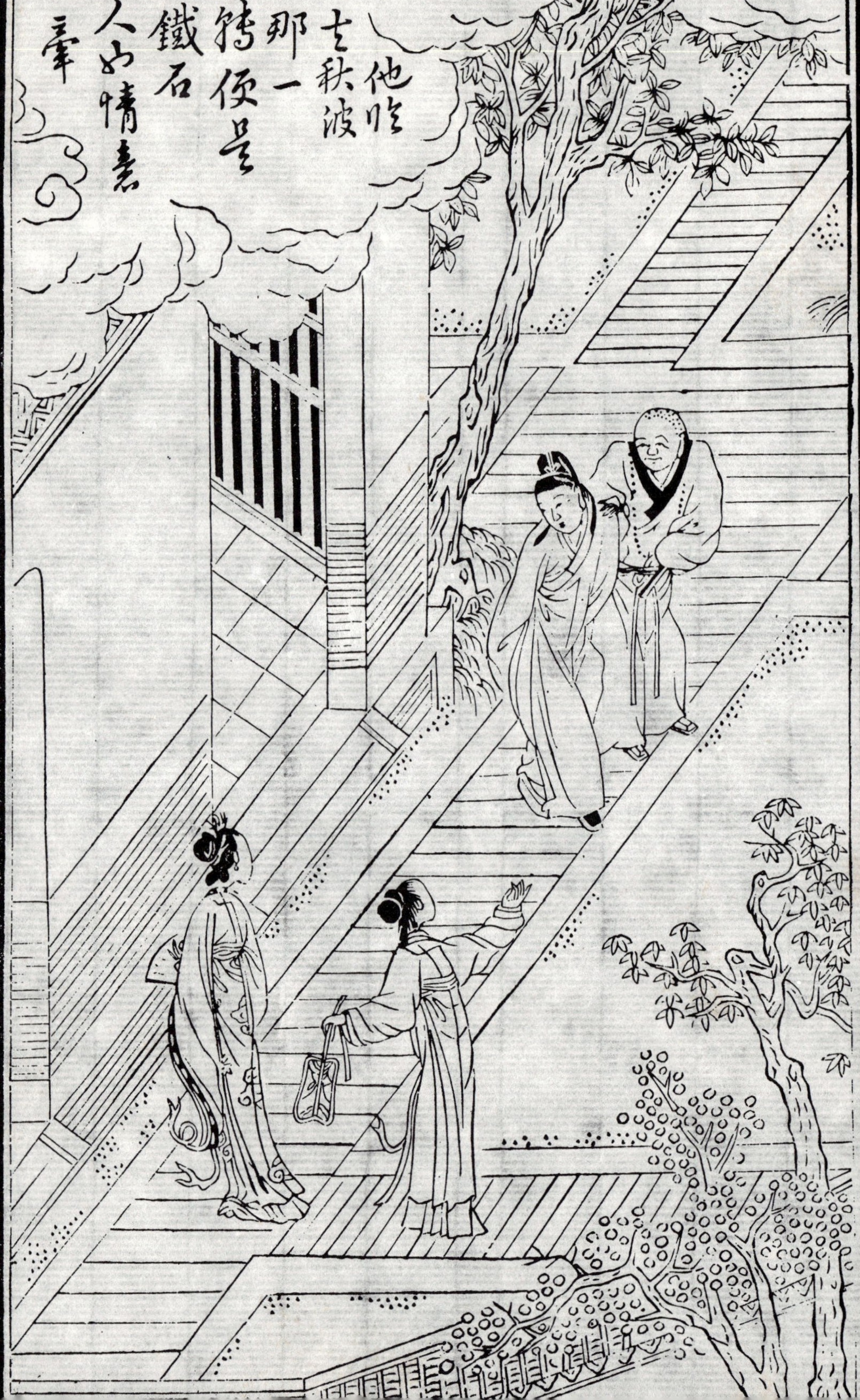
他臨去秋波那一轉便是鐵石人也情惹牽

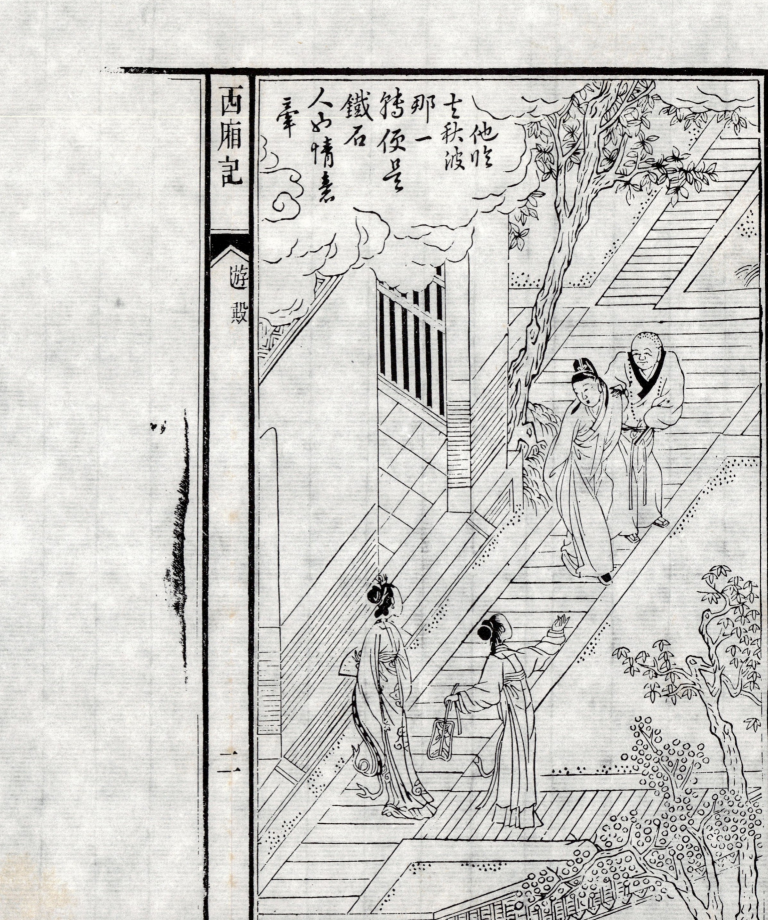

遊殿〔副穿紬褶戴和尚帽繫宮絛戴念珠執扇上唱〕〔凡花臉上場要末開其口先貫相使觀者一見卽笑方爲趣極〕

黃鍾正曲【賞宮花】和尚清雅、會燒香能煮茶、掛一幅單條畫、插幾得意花、收拾禪房多瀟灑、只愁少箇俏渾家、〔正坐白〕〔扇遮低云介〕我做和尚通融、天生乖巧玲瓏、不會參禪打七單講採戰用功、眞道拍做幾觔峒山芥片、假在行賞幾件平常古董、勾緣簿時常〔打頭式〕殿、拉瞎繂慣撞木鐘、下幾着臭圍碁、塗兩筆胡謅畫、其實濟、做兩句打油詩、寫幾箇諢賬字、自覺欠通、受五戒不除酒、守清規酷好男風、〔搖口〕人人道我是修行的和尚、那曉得到〔府邪生媚狀〕有竅尼姑的老公、〔笑介〕小僧法聰、是這普救寺法本長老徒弟、今日師父赴齋去了、〔立向內云〕嗄道人爐子上增點

拉上、倘有遊客到來、烹茶伺候、〔內應〕〔副作呵欠頭暈式〕阿箇兩日頭眩眼花、滿身骨頭痛得極、呸多因酒色過度嗐、〔下〕〔小生巾褶執扇上〕

中呂引子【菊花新】未臨科甲暫稽遲、旅況凄凉動客情、蕭寺獨遊歷遍名山勝景〔白〕迤邐行來、已是普救禪寺、〔作進介〕妙嗄好所大寺院、正是人間勝景誰遊盡、天下名山僧占多、〔副上〕僧不敢穿芳逕、猶恐遊客到荒坡、〔小生見副〕嗄和尚、〔副見生笑介〕哎呀、原來是一位相公、請到客堂裏去、〔小生〕請、〔副〕公稽首、〔小生〕和尚拜揖、〔副作拂椅介〕相公請坐、〔小生作還椅介〕〔副〕豈敢、豈敢、倒反勞哉、〔小生〕好說、〔副〕請坐、〔小生〕有坐、

坐介副道人挈茶出來、小生不消、副便勾、便勾箇箇隨手似叫道人式
箇緣簿放拉大殿上子、請問相公尊姓、小生小生姓張、副
張、還是弓長呢立早、小生是弓長、副好極、弓長乃天街之
宿、立早係玉室之文章、弓長勾張妙極、此姓真乃大族、小
族家也姓張、小生嗄、也姓張、副我裏祖上有勾幅行樂圖、
得新年裏壣掛出來哉、各色打扮纔有拉上勾、小生嗄、多
些什麼打扮呢、副也有綸音關巾羽扇勾、賓冠法服勾、頂盔貫
一口氣云勾戴皇帝帽勾、丞相帽勾、鑿子巾勾、荷葉巾勾、白氈帽勾、
頭赤腳勾纔有拉上勾、小生那些都是什麼人呢、副等我
訴相公、小生請教、副綸巾羽扇者乃始祖子房公也、賓冠
服勾乃天師張道陵也、頂盔貫甲的是翼德張飛、戴皇帝
勾是張士誠、丞相帽勾是張居正、箇箇戴鑿子巾勾壣嬉笑科下忑
是叔祖張三郎、戴荷葉巾勾張有德、白氈帽勾張別古、蓬
赤腳勾壣就是天打勾張驢兒、相公莫非也這一派、小生
云休得取笑、副尊諱是、小生名珙、副阿是斜玉幫加一箇
字、小生應副妙哉、珙乃王家之珙璧、席上之奇珍、大號是、
生君瑞、副畢竟是君子之君、祥瑞之瑞哉唎、小生正是、副
其更妙、貴處囉里、小生西洛、副哎喲了勿得哉、被相公占
了、常言道洛下多才子、西方有美人、箇樣好姓、好諱好號、
兼箇樣好場哈、書纔不消讀得、必中狀元、小生疑式和尚、

會之間、爲何如此謬讚、〔副〕非謬讚也、近來箇騷人墨士、淒
長者無不好讚、小僧初讚勾時節、呢原覺道是介肉麻嘘
間讚服子倒也勿覺哉、正所謂習其慣者而成乎、更不覺
惡心也、〔小生〕休得取笑、〔副〕到此荒山、有何貴幹、〔小生〕一來
禮佛像、二來拜謁長老、〔副〕俺師父法本、〔小生〕首座是、〔副〕小
是他弟子法聰、〔小生〕哎呀失敬了、〔副〕豈敢豈敢、〔小生〕久慕
師徒善於詩賦、特來請教、〔副〕山腔野調、何以詩稱、〔小生〕請
本長老一會、〔副〕勿拉屋裏、〔小生〕那裏去了、〔副〕赴齋去了、〔小
乞借詩稿一觀、〔副〕詩稿纔鎖拉丢書厨裏、箇鑰匙師父帶
去哉、箇嚜那處、〔小生〕如此來而不遇、告辭了、改日再來請
罷、〔副〕相公有興而來、那哉敗興而返、介請坐、〔小生〕有坐、〔副〕
呢有兩首拉裏、等小僧念得出來、求相公筆削筆削、〔小生〕
要請教、〔副〕一日子喫子晚齋、我裏師父說徒弟、我和你到
門前去步步、我說師父請、一走、〔作立起走出狀〕走到山門
只看見對河多哈人哎喲喲、前有燈毬火把乒乓、〔作放流
式〕〔小生〕什麽、〔副〕後以花爆流星、〔小生〕敢是娶親的、〔副〕中間
聞咿咿啞啞、鸞笙鳳管、又聽花花轎子裏拉哈、〔作形容女
啼聲〕惟聞燕泣鶯啼、〔小生〕鶯啼燕泣、郤也好聽、〔副〕那是我
家師、〔作鼻內笑〕小僧、〔作齒風嗤笑〕忍勿住纔一笑、師父說
把出嫁爲題、和你吟詩一首、小僧說師父請嗄、家師就做

詩來哉、〔小生〕請教、〔副〕獻醜哉、〔小生〕太謙、〔副作老聲吟詩介〕
岸人家嫁女啼、婚姻宜喜不宜悲、今朝白面黃花女、來日
顏綠鬢齊、〔小生〕甚好、請教首座了、〔副〕汚耳、〔小生〕好說〔副吟
嚶、嚶、〔度其意吟介假苦狀趣容〕錦繡被中比目魚、鴛鴦枕
鳳凰啼、這回得郤夫妻味、啐、只怕喚你歸時不肯歸、〔小生〕
好、切當得緊、〔副〕張相公〔走近附耳云〕小僧但知其意、不識其味、〔小生〕休
取笑、煩首座相引一遊、〔副〕小僧引導〔各出山門式〕、〔小生〕請嘎、〔副〕相公這
盤崖鳳尾竹、繞壑映山紅、石橋下曲水流通、枯藤纏千年
松、〔小生〕蒼古得緊、〔副〕那邊千竿君子竹、百尺大夫松、舉目
飛泉怪石、聳青雲萬古禪宗、〔小生〕妙、〔副〕敕賜普救禪寺、〔小

好龍蛇之體、〔副〕名人之筆嘘、請、〔小生〕請、〔副〕〔重進山門〕張相公箇是金
〔小生〕何爲金剛、〔副〕閉口爲金開口爲剛、蓋幾尊大菩薩、倒
箇點小佛勾、〔小生〕爲何、〔副〕經上載勾、說金剛不惹波羅彌、
生〕首座差了、金剛般若波羅蜜、〔副笑云〕承教、學子多時、還
差拉裏勾來、請、〔小生〕請、〔副〕箇是香積廚、請進去用素齋、〔小
不消、〔副〕便點心、〔隨時發科語〕〔小生〕也不消、〔副〕粗茶耶奉介
〔小生〕多不消、〔副〕介嚜倒虛邀哉、〔小生〕豈敢、請、〔副作捏鼻怕
介〕相公箇是東淨、〔小生〕什麽東淨、〔副〕俗家呢爲茅坑、出家
呌東淨、相公請大解大解、〔小生〕不消、〔副〕小解小解、〔小生〕也
用、〔副〕屁也放介勾、〔小生〕什麽說話、〔副〕介嚜連次虛邀、〔小生〕

嗄休得取笑、（副）請隨喜隨喜、（小生）請、（唱）

【仙呂正曲】【忒忒令】隨喜到僧房古殿（副白）七層寶塔、請瞻仰瞻仰、（小生唱）瞻寶塔（副作拍手式白）戳戳戳、張相公呸看兩隻麻

拉丢打雄、請到迴廊下步步、（小生唱）將迴廊遶遍（副白）箇

羅漢堂、衆了羅漢、（同小生問訊介）募化燈油、（小生揖唱）衆羅漢（副轉身云）請拜聖賢、（又陪小生問訊介）隨緣樂助、（小生揖唱）拜了聖賢（副私語）哎呀好硬客、（同向小生云）請到法

上轉轉、（小生行介唱）行過了法堂前（俗作佛殿上非）（貼素襖元色背褡䙡汗巾繫腰執兜扇云白）小姐和你到庭前閑玩散悶去來、

（旦雲肩素……插鳳執扇不語隨貼上）（小生見小旦消

失魄狀小旦見小生作驚心留意式紅娘意露輕撩介）關

在茲（副）張相公（作口念佛介小生唱合）正撞着五百年風

業寃（貼指上問介）小姐、你看春殘花落、風逐遊絲、端的悶人

氣也、（小旦得頭左手執扇遮臉心神業去與貼同唱）

【園林好】偶喜得片時稍閒（小生作看呆介副作拽小生衣袖

云介）（隨俗勉註）張相公文士須遵禮、（小生作笑愧回身同副行下）請、

請、（作轉私云）等我也轉去看看介、（向貼發科）吒吒、（小生急

將扇拍副肩云）首座、高僧定守規、（副驚笑云）哎喲、六月債

得快、請道人張相公來哉泡茶、（同小生下）（小旦貼連唱介）

和你向庭前自遣（副內應）鸚哥猫來箇箇打、狗來不怕他、帶

來夾波、(貼急步指下介)小姐、(同唱)聽那鸚鵡在簷前巧囀
(內白)張相公請嗄、(小生慌上)首座請、(小旦貼作聞連唱合
聽得有人言、(小生急云)首座擾茶、(副隨上云)粗茶得罪、(小生
驚喜小旦做含嬌同貼唱介)須索要自回還、(小旦白)寂寂
房人不到(貼)滿堦苔襯落花紅、(貼隨下俗喚紅娘下非小 (世尊面前那有紅娘)
揖)阿彌陀佛、(副混科)還有一尊生鐵羅漢拉裏來、(小生)首
可曾看見觀音出現、(副)嚼蛆連片、小僧拉裏出子七八年
家、從勿曾見觀音出現、張相公纔來、就看見哉、(小生)方纔
邊走的是觀音、後面隨的不是龍女麽、(副)箇兩勾非也、那
邊走的是崔相國家、鶯鶯小姐者後面隨的是侍妾紅娘

豈是觀音出現乎、(小生驚疑狀云)既是相國之女、爲何在
閑遊、(副)有箇緣故、此寺乃天冊金輪武則天娘娘蓋造的、
德院、家師又是相國剃度、相國棄世、老夫人暫借寺側西
停喪避亂、偶然出來白相勾、嗜勾觀音嗄龍女勾拉丟嘖
嘖、(小生始信)世間有此絕色女子、豈非天姿國色乎、(唱)
(尹令)顛不刺的見了萬千、(副白)嗄哎呀大有講究的、便介着
麻拉丟哉、(小生連唱)似這般樣可喜娘罕見、(副白)阿有點
花、(小生唱)好教我眼花撩亂口難言、(副白)觀音菩薩亦出
哉、(小旦又同貼上白)小姐這裏來、(小旦見小生嚲左肩於
骨裏覷(小生唱合)他嚲着香肩、(小旦白)紅娘、這是什麽花、

是海棠花、〔小旦〕與我折一枝過來、〔貼〕曉得、〔小生連唱〕祇將花枝來笑撚〔小旦見小生仍以扇遮臉介抽空覷覰式〕〔貼作花介〕〔唱〕

〔皂羅袍〕笑、折、花枝自撚、〔副在貼曲內混云〕勿要採勿要採、一採花三世醜過世去變勾辣痢頭、〔貼〕小姐、紅娘纔折得一〔唱〕眼角挑小生副介惹狂蜂浪蝶、舞翅翩躚、〔小生似看呆狀〕〔副以肩撞小生肩介〕阿好嘎、〔小生作笑副混在貼曲內不致冷落〕〔小旦〕紅

飛來飛去的、是粉蝶麼、〔貼〕正是、後面隨的是游蜂、〔小旦〕與撲一粉蝶耍子、〔貼〕是嘎和尚、〔副〕邪、〔貼〕小姐要粉蝶耍子、你要趕了去嘎、〔副〕和尚不敢、〔貼唱〕我幾回、要撲展齊紈、〔副白〕

娘阿姐、我幫吔撲嘎、〔作混撲介〕哎呀飛子去哉、〔小生將扇

小旦扇見面看定作揖介小旦作羞臉避仍以扇遮介〔俗

還禮非〔貼唱〕飛向錦香、叢裏教我、尋不見、〔合小旦貼行唱〕又被燕、啣春去、芳心自、斂只怕人、隨花老、無人見憐、臨風、不增、長嘆、〔小旦白〕轉過畫欄雙蛺蝶、〔貼似扯小旦襖衩云〕小姐

行、〔副〕儕只管有箇哆哈勾頭搾腦介、〔貼〕薔薇花刺礙人行、挑小生介

旦眼作偷覷小生喚貼介〔紅娘、〔貼〕吠、〔隨小旦下〕〔副〕哎喲好眉眼嘎、〔小生〕咻、這相思病、害殺我也、〔副〕捉一隻佛手乾、解吔勾惡心、我這裏淸靜法堂、說箇樣堂話、〔小生〕什麼分明相思堂離恨天、〔副〕哎呀張相公嘎、〔唱〕

〔江兒水〕這裏是兜率、院休猜做離恨天、〔小生〕首座、〔唱〕愛他宜、
宜喜春風面、〔副白〕好兩條眉毛、〔小生唱〕弓樣眉兒新月（俗指眼非）偃他、
語人前先腼腆、〔小旦內高聲應云〕紅娘、我們到太湖石畔去、
吠、〔小生〕妙、〔唱〕恰便似嚦嚦、鶯聲花外囀、〔副在小生曲內云〕
丟到太湖石畔去哉、我裏也去嘎、這裏來、〔小生唱〕〔合〕解舞、
肢似垂柳在風前、嬌軟、〔小旦貼又上同唱〕
〔皂羅袍〕行、過碧梧庭院、步蒼苔已久、濕透金蓮、〔副白〕張相公這
來、〔小生應隨副急走介〕〔小旦貼連唱行介〕紛紛紅紫鬬爭、
雙雙瓦雀行書案、〔副扯小生褶混走介〕張相公這裏來、啐、箇
走勿通勾、間哼走、〔小生〕首座慢些走、〔小旦貼唱〕〔合〕又被燕

春去、芳心自斂、只怕人、隨花老、無人見憐、〔副白〕哎喲、那是像
趕騷雄雞裏哉、〔小旦與小生覷面即將扇遮欲盼紐身用
脚尖勾踏作眼傳情又轉行介唱〕將輕羅、小扇遮羞面、〔小
下〕〔副〕褊衫大袖遮花面、〔貼隨小旦下復轉身將兜扇打副
介白〕哇、〔副以手護頭云〕哎唷哇、和尚頭上打子一箇洞拉
哉、〔貼〕你這和尚好沒規矩、〔副〕那箇無規矩、〔貼〕小姐同我在
遊翫、你引了外人、〔副〕箇是我裏內姪噓、〔小生〕什麼說話、〔貼
管隨來隨去、什麼意思、〔副〕無僭意思、〔貼〕我去告訴老夫人、
你這和尚不要慌、〔副〕嗨、我也要去告訴老夫人丟、〔貼〕嘎、你
些什麼來、〔副〕說紅娘姐出來嚜、嵩歡喜打和尚、〔貼〕啐、〔小生

座、你原不該嗄、副哎喲鬼討好、貼嗄什麽該不該、副阿是
來上你船哉、貼我想你也是箇人、我也是箇人、什麽好看、
差革點呸、小生就看看何妨、貼要看再看看多看看、小生
看、副要看勾、將臂推小生混科張相公看嘘、貼啐、細急步
副哎呀佛嗄、小生看地向副云首座、不要說小姐别的則
一雙小脚兒足值一千兩碎金子、副再加五百、小生加在
裏、副紅娘姐箇雙脚勿值五百、小生休提、副足見那小姐
着遠地長裙怎見得脚兒大小、小生可見你出家人哪、唱
川撥棹你看襯殘紅芳徑軟、副白畧知一二、倒也拉哈講究
究勾嘘、小生連唱步香塵底印兒淺休提他眼角留情休
他眼角留情白首座你來看、方纔小姐這一步是去的、對着脚步副去
小生那一步也是去的、副也是去勾、小生這一步勾將轉
脚尖對脚尖、甚有顧盼小生之意、副混介講化哉、小生唱
這脚踪兒將心事暗傳、副白住去讓我和尚也來摹擬摹擬
方纔小姐箇步是去勾、小生輕些、副介勿番道勾、箇步也
去勾、小生不要踹壞了、副曉得勾、箇步勾將轉來、脚尖對
尖哧、甚有顧盼小僧之意、小生小生、副小僧、小生是小生、
作亂踹介小僧、小僧、小生可惜踹壞了、副若留在此、唱合
風魔了張解元空餘着楊柳烟、小旦內應白紅娘閉上西廂
貼應上曉得、副咦亦出來哉、讓我去、小生待我去、貼以茶

渣丟副臉介〔副〕哎呀壞哉、那是像子葱椒燒芋芳拉裏哉、〔
生向前揖介貼笑似還福斜下角閉門下〔小生作看呆狀〕
呀、〔唱〕
〔前腔〕〔換頭〕門掩梨花深小院、奈粉牆兒高似青天、玉珮聲、看看
遠、玉珮聲、看看漸遠〔副白〕進去哉、張相公我裏跳牆進去〔小
唱〕空教人餓眼望將穿、〔合〕他臨去秋波那一轉、便是鐵石照前閑目
也情意牽、〔副同唱〕
〔意不盡〕東風搖曳垂楊線、遊絲牽惹桃花片〔小生〕奈玉人兒
見將一座梵王宮化作武陵源〔白〕告辭了、〔副〕有慢、〔小生〕花前
逅見芳卿、〔思科〕〔副〕頻送秋波似有情、〔小生著力對副云起

〔齣枝葉〕欲借僧房筭講習、〔副〕張相公只怕你無心獻策上
京、〔小生〕令師同來、多多致意、〔副〕是哉請了、〔小生作出山門
請了、〔副〕張相公請轉、〔小生作回身〕怎麽、〔副〕明朝早點來、〔小
做什麽、〔副〕看觀音出現、〔小生〕休得取笑請了、〔下〕〔副〕請了嗄、
勿道是箇張相公看女客、看得箇樣有滋味得極、方纔箇
相公說箇鶯鶯小姐眉毛好、眼睛俏、頭髮黑、面孔嬌、身裊
解舞腰、玉笋纖、金蓮小、〔作敲腿落不下狀科〕哎呀、哎呀、〔躬
走介勉強搖頭〕阿彌陀佛、阿彌陀佛、〔下〕

慧明

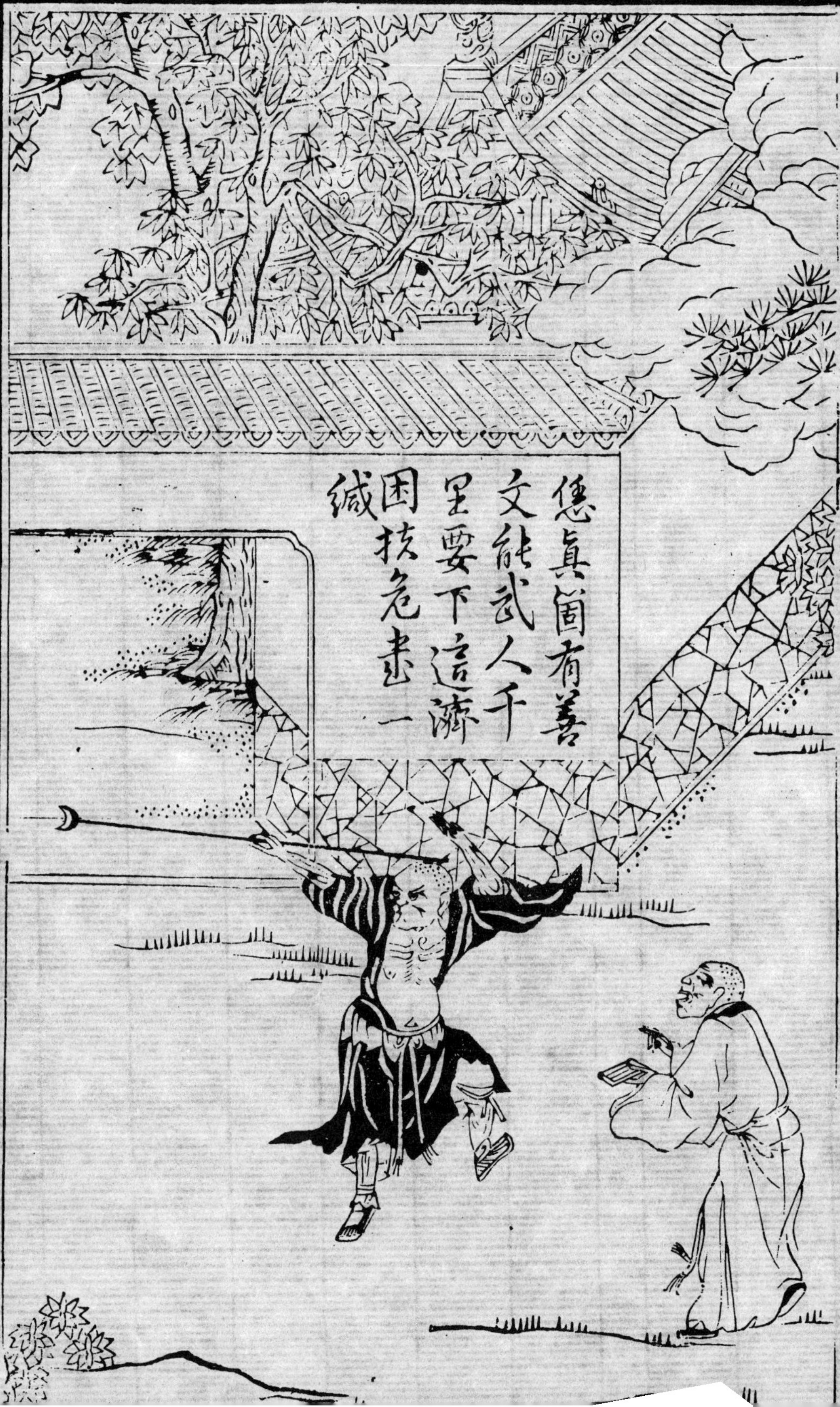
憑眞箇有善
文能武人千
里要下這濟
困扶危書一
緘

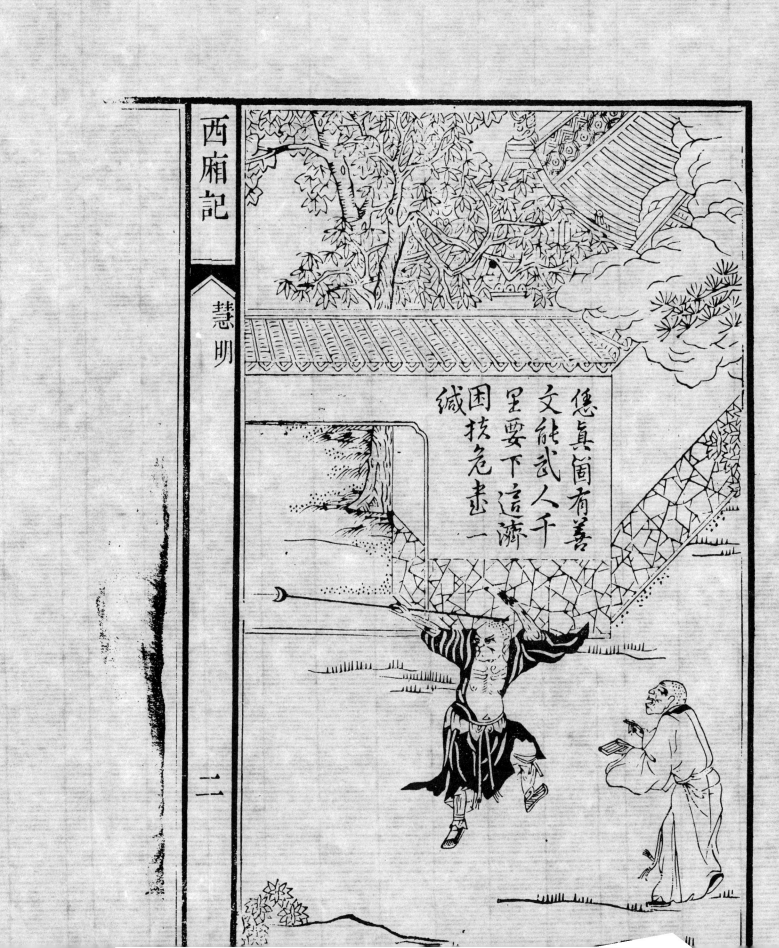

慧明〔小旦雲肩素襖上〕前燒夜香之酬詠情形從此曲做出不可潦草塞責作者慎之

雙調集曲〔金雲令〕〔金字令首至六〕懨懨瘦損、那更春光盡、羅衣寬褪、早是勞頓、能消幾箇黃昏、目斷行雲、〔駐雲飛四至七〕人遠天涯近、咲我不自溫存、〔深思起念狀〕但出閨門、〔貼暗上聽介小旦唱〕那紅娘、〔四塊金四至六〕似影般不離身、〔貼白〕小姐、自己情思不快、反嫌紅娘隨侍慇懃、你見了那生、便覺心事不寧哩、〔小旦陪笑科〕嗄紅娘、〔唱〕我從了那箇人兒、底便可親、〔貼白〕小姐那晩好清新的詩、〔小旦唱〕〔金八至末〕詠月新詩、詠月新詩依着前韻、〔內吶喊介老旦急上白〕門家裏坐禍從天上來、我兒、〔小旦〕母親、〔貼〕老夫人、〔小旦貼〕何這等慌張、〔老旦〕那孫飛虎帶領五千賊兵圍住寺門、道有傾國傾城太真之[illegible]夫人了、〔貼〕有這事、這便怎麼處、〔小旦〕嗄、哎呀、兀的不痛殺我也、〔作暈倒介〕〔旦貼急同叫介〕我兒甦醒、〔貼〕小姐醒來、〔小旦作醒扶起三痛哭同唱〕

南呂正曲〔紅衫兒〕聽罷一言心不忍、此禍滅身、苦教人進退無門兒怎生、把袖梢兒搵不住啼痕、〔內吶喊介三人驚恐狀唱〕聽殺聲怎禁、〔小旦〕娘嗄、〔唱〕〔合〕休得要愛惜鶯鶯、我甘心自殞、〔內吶喊介小旦貼急哭介老旦唱〕

〔東甌令〕那賊如狠虎、儘胡行道、你蓮臉生春、眉黛顰更有傾傾國楊妃貌多嬌、俊恣情劫掠要成親、教我淚零零〔齊哭介〕

扮老和尚急步上〔上〕哎呀、災來怎躲、禍至難逃、老夫人在那〔作進內介小旦貼急退朝下場老旦〕長老、賊勢如何了、〔外〕夫人、不好了嗄、〔唱〕

〔前腔〕那廝忒無理、勢狰獰、道小姐似當年楊太眞、聲聲若不秦晉、普救寺都燒盡、一家兒齠齔不留存、玉石盡皆焚、〔老旦〕長老、事已急了、〔外〕便是呢、〔老旦〕你去兩廊下吩咐、不問僧（通作）（非）人等、有能退得賊兵者、願將鶯鶯小姐妻之、決不食言、快〔外〕曉得、〔老旦含淚云〕兒嗄、雖（俗不云此非）不是門當戶對、也强如陷於中、〔各淚介貼悄問外介〕老師父、〔外〕怎麽、〔貼〕可曾說起紅娘〔外〕沒有說起、〔貼對上二福〕謝天地、〔仍朝下外出喊問科〕嗆、

廊下人聽者、崔老夫人有言、不問僧俗人等、如有能退得兵者、願將鶯鶯小姐妻之、〔小生鼓掌急上云介〕長老、長老、有退兵策、何不早些言、〔外〕嗄、張相公有退兵策、〔小生〕正是、如此少待、〔急入云〕啓老夫人、張相公有退兵策、〔老旦〕快請、是、〔急出向小生云〕張相公、老夫人請相見、〔作引進介小生科〕老夫人、〔外〕這就是前十五日赴齋的敝親、〔老旦還禮云〕生、〔小生又揖介〕小姐、〔貼答道〕免見、〔近小旦背云〕小姐、就是生、〔小旦低頭斜覷聽科〕〔老旦〕先生計將安出、〔小生旁立身母喂向女云介〕老夫人在上、重賞之下、必有勇夫、賞罰若其計必成、退了賊兵、怎麽樣、〔老旦〕方纔與長老講過、能退

兵者、願將小女妻之、〔外〕正是方纔講過的了、〔小生〕如此請
小（渾家）姐進去不要驚壞了他、〔老旦〕我兒進去罷、〔同小旦下〕〔貼〕
〔小生云〕晌午喫晚飯尚早哩、〔小生〕一交跌在虀糠裏、倒是
穩的、〔貼〕呸、〔鬭趣下〕〔外〕張相公請教退兵之策、〔小生〕我有一
須要用着長老、〔外〕喲喲喲、貧僧又不會相持厮殺、用我也
中用嗄、〔小生〕不要你相持厮殺、〔外〕怎麼樣、〔小生〕只要你與（二人出西廂門炎上鐘樓處）
頭打話、〔外〕這箇容易、怎麼樣說呢、〔小生〕你去說崔老夫人
言、本欲就將鶯鶯小姐送出、一者父喪在身、二恐大王不（通作將軍）
不須鳴鑼擊鼓、驚壞小姐、豈不可惜、大王把人馬暫退一
之地、待三日後、功德完滿、除了孝衣、換了吉服、送至軍前
大王成親、〔外〕曉得了、到鐘樓上去說、〔下場角設椅立上喊〕
噲、强盜打話、〔丑內應〕與我放箭、〔外駭介〕哎呀不好、〔小生〕爲
麼、〔外〕我說强盜打話、他說與我放箭、〔小生〕咳、該稱他大王
是、〔外〕如今曉得了、大王打話、〔內〕怎麼講、〔外〕崔老夫人有言、
欲就將鶯鶯小姐送出、一者父喪在身、二恐大王不利、〔內〕
〔外〕不須鳴鑼擊鼓、倘驚壞了小姐、豈不可惜、大王把人馬
退一箭之地、待三日後、功德完滿、除了孝衣、換了吉服、送
軍前、與大王成親、〔內〕三日後不送出來呢、〔外〕哎呀、怎麼回
〔小生〕但憑大王處置、〔內〕（依法六）既如此、衆頭目、〔內衆應〕有、〔丑〕把人
退下一箭之地、〔內吶喊外望小生作聽介〕〔外〕好了、果然退

去了、〔小生〕初出茅廬第一功、如何、〔外〕如今怎麽好、倘三日後
便怎麽、〔小生〕我有一故友、姓杜名確、號爲白馬將軍、鎮守蒲
關、小生與他八拜之交、我若修書去、他必來救、我快取筆
過來、〔外〕有在此、〔斜下塲左設桌椅小生正坐外右旁坐磨
介〕〔小生〕長老、今日好日、成了親罷、〔外〕來不及、快修書、〔小生
〔唱介〕
〔仙呂正曲〕〔一封書〕洛生、拱拜、兄近日何期、遇難、中孫飛虎、逞兇劫
人財、強聚衆、〔作停筆白〕長老、那箇爲媒、〔外〕就是貧僧、〔小生〕妙、〔
快寫快寫、〔小生又寫唱〕崔相國家、併僕等、一旦如魚困釜
〔又停筆白忙裏閑法〕長老、〔外〕怎麽、〔小生〕退了賊兵、就要成

的噓、〔外〕嗄、就要成親、〔小生〕自然嗄、〔外〕容易、〔小生〕嗄、〔外〕容易、〔
生笑介〕〔外〕快寫、〔小生寫唱〕仗威風、破羣雄、顛沛來緘、怨不、
〔外白〕寫得好、〔各出桌介〕〔小生〕書已寫完、煩長老送去、〔外〕嗄
嗄、老僧那裏去得、〔小生〕遞書人是要緊的、〔外〕便是、〔小生〕怎
處、〔外〕嗄、我厨房下有箇徒弟、喚做慧明、最要喫酒厮打、此
到可去得、〔小生〕如此快喚過來、〔外〕是、張相公、須把言語激
他、纔肯去、〔小生〕我曉得、你去喚他出來、〔外〕是、慧明徒弟、那
〔淨扮慧明垂頭懶怠倦眼拖棍上介〕來也、〔唱〕
〔從未有此北引子由來已久矣〕
〔中呂北引〕〔粉蝶兒〕聽得傳呼、〔外白〕慧明、那孫飛虎帶領五千人馬

住寺門、你還慢騰騰、〔淨睜目喊介〕嘎、〔唱〕不覺的心頭起火〔
外問訊〔介〕師父、〔外〕見了張相公、〔淨（見小生即扛肩立）〕張相公〔小生正坐下場
旁坐介〕〔小生立云〕長老、就是他麽、〔外〕就是他、〔小生假嗔〕咳、
乎被你誤了大事、看他人不出衆貌不驚人、只可念經拜
有甚本事去得、必須另換一僧、〔對外匝眼云淨斜看氣介〕〔
是、待我去對他說、〔小生仍坐介〕〔外向淨云〕慧明、〔淨〕呸、〔外〕此
張相公有封書要寄到蒲關白馬將軍處投遞、〔淨〕拏來、〔外〕
你人不出衆貌不驚人、只好念經拜懺、有何本事去得、〔淨〕
說、〔外〕張相公說、〔淨看小生皺眉復朝右云〕咳、我偏要去、〔外〕
不得、〔淨〕嘎（不平狀）我偏要去、〔棍擲地從腿滾下唱〕〔外坐介〕

〔高宮套曲〕〔端正好〕不念法華經、不禮梁皇懺、颩（通改丢）了僧伽帽、袒下了
衫、只我這殺人心陡起英雄膽、兩隻手把那烏龍尾鋼椽揝〔
〔生白〕好誇大口、〔外〕便是、〔淨唱〕
〔滾繡毬〕非是俺攙也、不是俺攙、知知他們怎生喚做打家大
步、止殺入虎窟龍潭、〔小生冷笑外白〕敢是你貪、〔淨唱〕非是俺
〔外白〕敢是你敢、〔淨唱〕也不是俺敢、〔小生白〕你曾喫齋麽、〔淨
這些時喫菜饅頭委實價口淡、〔外白〕他有五千人馬、你如
出去、〔淨唱〕俺將那五千人也不索炙煿煎燂腔子裏熱
權消渴肺腑內生心且解饞、〔小生白〕好箇腌臢和尚、〔淨唱〕有
腌臢、〔外白〕慧明、張秀才着你寄書去蒲關、你眞箇敢去不敢

〔淨大笑介唱〕
〔倘秀才〕他那裏問小僧、敢去不敢　我這裏啓大師、用咱也不
咱、〔外白〕賊頭利害哩、〔淨唱〕您道飛虎將聲名播斗南、那廝能
欲會貪婪、誠何以堪、〔小生白〕你怎不誦經持咒、與衆僧隨堂
行、卻要與我送書、〔淨唱〕
〔滾繡毬〕我的經文也不會談、〔小生白〕逃禪、〔淨唱〕逃禪懶去參
我這戒刀頭近新來教鋼蘸、鐵棒上無半星兒土漬箇塵淹
的僧不僧、俗不俗、女不女、男不男、則會齋的飽、把僧房門胡
那裏管焚燒了兜率也伽藍、您真箇有善文能武人千里、要
這濟困扶危嗄哈哈書一緘、俺便有勇無慚、〔外白〕你獨自去

不放你便怎麼樣、〔淨〕師父他若放咱過去就罷、〔外〕若不放
〔淨〕若不放咱過去、〔外〕卻待如何、〔淨〕師父、〔唱〕
〔白鶴子〕着幾箇小沙彌將幢幡和那寶蓋擎、病行者將麪杖作桿棒非
义擔你自立定脚、把衆僧安、我撞釘子將賊兵探、〔小生白〕他
放你過去便如何、〔淨唱〕
〔二煞〕遠的破開步將鐵棒颩、近的順着手把那戒刀釤、小的
起來將脚尖撞、大的攀過來把骷髏砍、
〔一煞〕我聰一聰古、都都翻了海波、喊一喊廝琅琅振山巖、脚
的赤力力地軸搖、手攀的忽剌剌天關撼、〔小生白〕如此膽量
可去得、〔外〕還須努力前往、〔淨〕師父、〔唱〕

〔煞尾〕您與俺助威神擂三通鼓、〔外白〕使得、阿彌陀佛、〔淨唱〕仗力吶一聲喊〔小生白〕速去速來、〔淨唱〕繡幡（俗悞下）開遙見英雄俺（俗悞膽）〔外〕張相公請進用齋、〔小生〕長老請、〔同下〕〔淨唱〕你看半萬賊兵、唬唬破膽〔執棍下〕

俗云跳慧明此劇最忌混跳初上作意懶聲低走動形病體後被激聲厲目怒出手起脚俱用降龍伏虎之勢犯無賴綠林身段是劇皆宜别

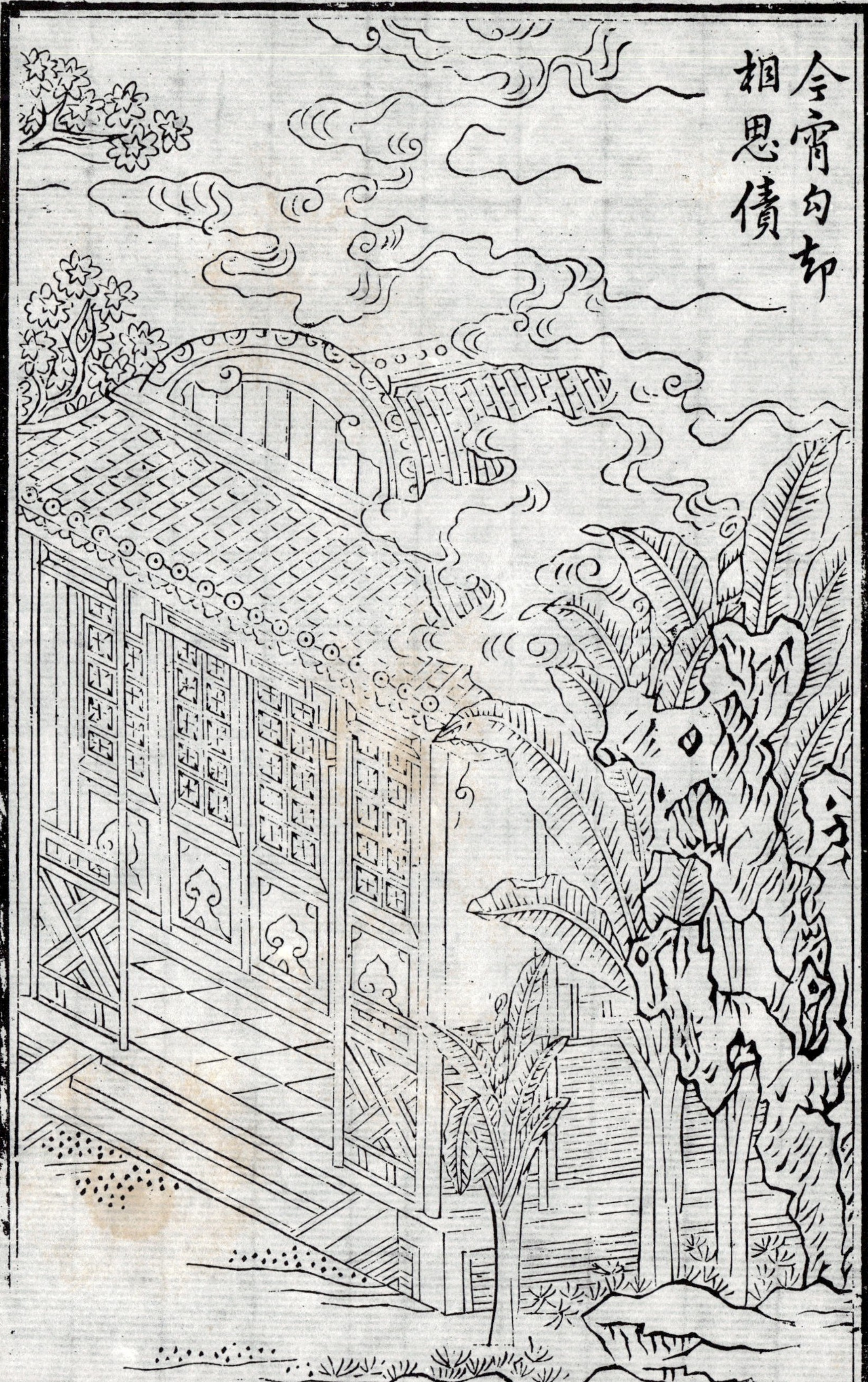
今宵勾卻
相思債

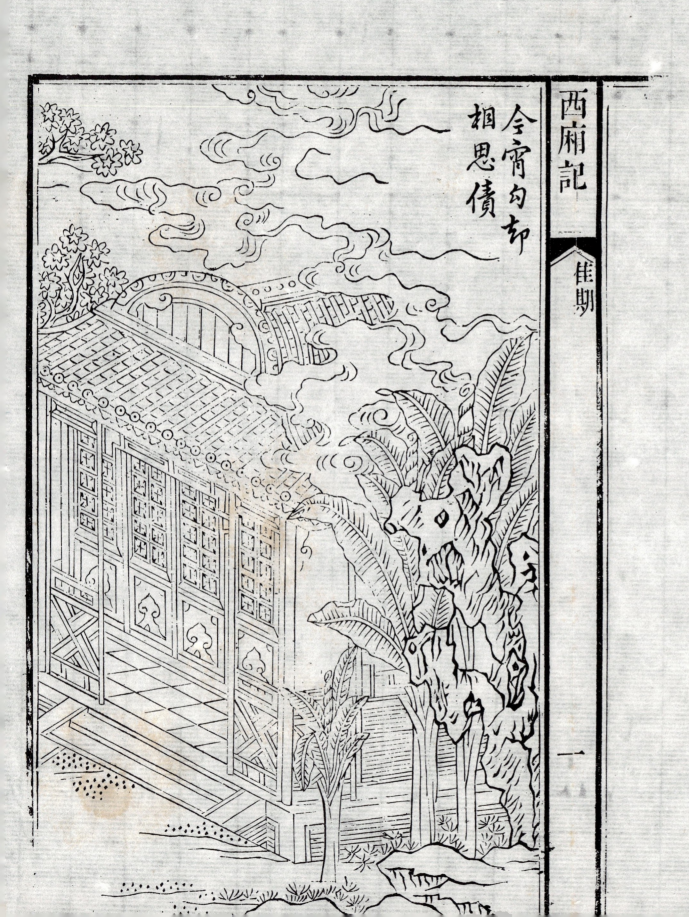

佳期（小生欣上預看後唱）

仙呂正曲（傍粧臺）彩雲開月明如水浸樓臺（看正中上月當千）（對下場看屋）（作響驚喜看）原來是弄竹聲只道是金珮響月移花影疑是玉人來（看右上月西斜）意孜孜雙業急攘攘那情懷倚定門兒待（雙手靠門望）則索要呆打孩青鸞黃犬信音虛（下）（貼扶小旦悄步緩唱上）（俗作小姐看脚下非）

不是路徐步花街抹過西廂傍小齋（貼）小姐（唱）你且在門兒（小姐斜視作低頭）（貼）待紅娘（唱）輕輕悄悄把門捱（貼回身看左邊）（小生慌上介）（唱）是誰來必是鶯娘到此諧歡愛忙衣冠把戶開（開門式）（貼進見小生貼白小旦作覷低首狀）張先生（小生）紅娘姐小姐呢（貼）唔又不曾來（小生）吙呀害殺我也（貼笑）那不是（小生出門見喜介）（小旦）紅娘回去罷（貼）小姐嗄（唱）藏羞態前番變卦今休再（小旦不語俛首小生看貼貼對小紐嘴小生含笑蹋促貼白）啐沒用的東西來嘘（雙手扯生進見介唱）上前叅拜（貼向上場掩笑小旦右袖遮臉對下生白）（以訛傳訛甫能再改）紅娘姐外邊有人走動（貼急去兩邊看小生郎閉門手攙小旦手云）（雖留兩句白作曲一套唱）雙雙攜素手欵欵入書齋（下）（貼）沒有嗄（轉關門）嗄張（右手起欲敲門不用念出開門）吙呀（軟落右手）哄我出來竟閉門進去唦想他二人呵（唱）

十二紅（仙呂集曲首至三）（醉扶歸）小小姐多丰采君瑞君瑞濟川才一才貌世無賽（雙蝴蝶第三句）堪愛（沉醉東風第五至七）愛他們兩意和諧一箇

推半就、又驚又愛、（桃花紅五至七）一箇嬌羞滿面、一箇春意滿

好似襄王、神女會陽臺、（滴滴金四至五）（此三句身段在袖裏暗做安）花心摘、柳腰擺、（洞仙歌五至六）露滴

丹、開香恣遊蜂採、（皂羅袍五至八）一箇斜欹雲鬢也不管墮折寶釵、

箇撇翻錦被也不管凍卻瘦骸、（漁父第一八至九句）（側身斜視內雙指勾答式）今宵勾卻相思債、

不管紅娘在門兒外待、（好姐姐第六句）（右手拔簪搔頭皮左手按左腿）教我無端春興倩誰排、（傍粧台四至

只得咬定羅衫耐猶恐夫人睡覺來將好事翻成害將門扣、（口啣背搭兩手相籠俗樣莫作）

（又重秀才小姐非）秀才（排歌四至七句）你忙披衣袂把門開低低叫叫小姐、莫貪餘樂

非災（月已西墜影掛東牆貼看左上半牆之月作驚低白）哎

不好了噓（唱）（賀新郎末三句）（對右角上看紐身轉視左上角已交五更矣）看看月上粉牆來莫怪我再三催（敲科同身兩邊看）（小

雙手攜小旦手小旦低首小生獨唱上介）

（南呂正曲）節節高 春香抱滿懷暢奇哉渾身上下都通泰（開門介

見生旦毒眼走進介生旦各含笑半遮避式）（貼白）喲、你們

通泰、撇我紅娘呵、（小生倍笑狀小旦袖遮式）（貼唱）好無聊

難擺劃憑誰解（小生獨唱小旦含羞）夢魂飛繞青霄外難道

昨夜夢中來今宵同會碧紗廚何時再解香羅帶（貼急催介

生連唱）老夫人將已睡醒小姐快些去罷、（小生唱）

（尾）風流不用千金買賤卻人間玉與帛小姐是必破工夫明

早些來（小旦垂頭貼送下卽轉白）張先生、（小生）紅娘姐、（貼）你

今的病是好了噓、（小生）十分已去九分、（貼）那一分呢、（小生

式）還要在紅娘姐身上、一發醫好了小生罷、（抱貼貼作推

急小步低云小姐下小生笑白哎呀喜殺我也關門下

西廂佳期中小生之曲刪削甚多所存兩三句曲白必

從容婉轉摹擬入神方不落市井氣月之起落亦要檢

分明大抵須分別出東西斜正方安也

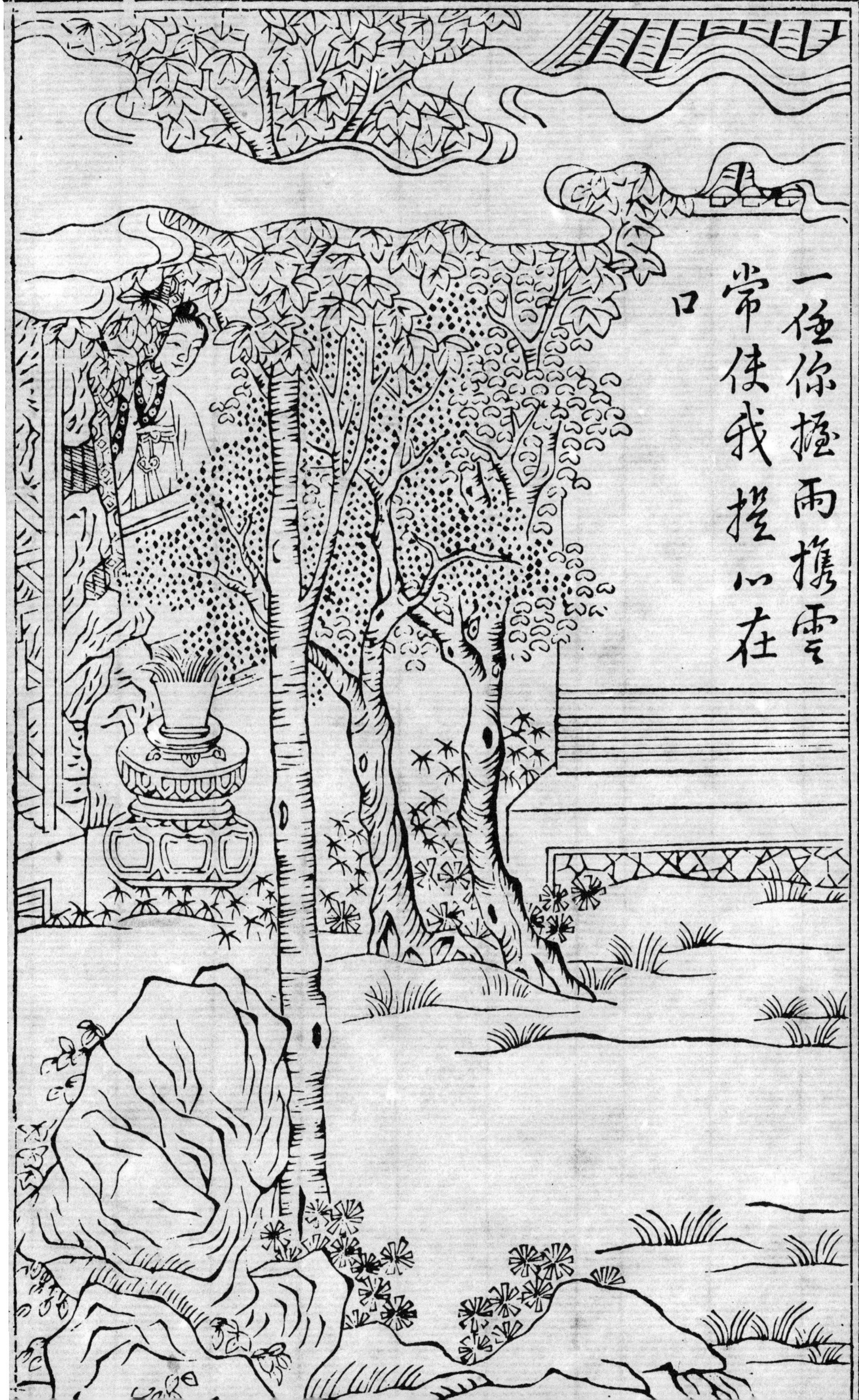
一任你掿雨攜雲
常使我提心在口

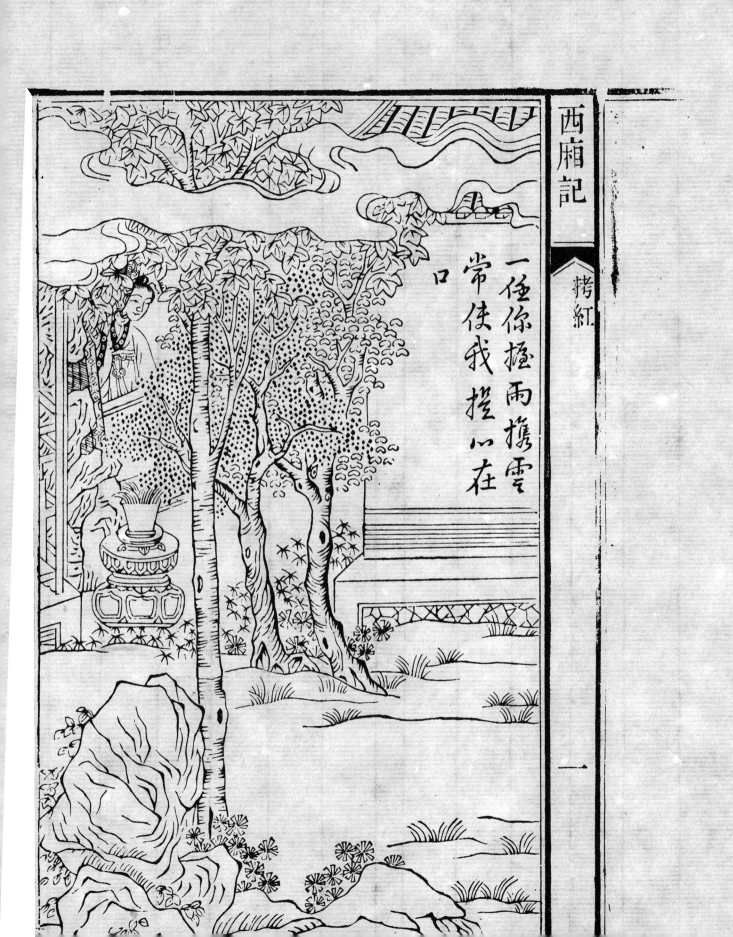

拷紅〔老旦上〕
仙呂引子〔謁金門〕凄涼蕭寺空迤逗故園不堪回首「爭奈孩兒胡
耨想必是紅娘引誘」〔正坐白〕雕籠不解藏鸚鵡、繡幙何須護
棠、這幾日竊見鶯鶯語言恍惚、神思倍加、腰肢體態、比舊
古作先詢歡郎後拷紅娘
同、哎呀莫非做出事來、如有他故、多在紅娘這賤人身上
如今喚他出來、拷問一番、便知端的嗄、紅娘那裏、〔貼上〕嗄、
了、〔唱〕
〔謁金門〕若不是紅娘引誘、怎能彀兩邊成就、裙帶兒掩過鈕
比着舊時越瘦」〔老旦白〕紅娘、〔貼〕嗄、老夫人爲何大驚小怪、多
此事發了、〔老旦〕紅娘、〔貼〕啐、醜媳婦少不得要見公婆面、〔老

轉左邊叫
紅娘快來、〔貼近老旦右耳云〕在這裏、〔老旦〕嗄、我喚了你半
爲何只管慢騰騰、〔貼〕喲、老夫人呼喚、紅娘是就來的耶、〔老
跪着、〔貼〕哎呀好端端嚜爲何要跪起來、〔老旦作打式〕還不
〔貼〕哎喲就跪、〔老旦〕賤人、你幹得好事嗄、〔貼〕嗄哎呀、紅娘不
嫠容歪邑
幹什麽事嗄、〔老旦〕我問你、你每夜引小姐到後花園去做
涎臉油唇對
麽、〔貼〕啐、我道爲何嗄、〔立起介老旦拏板打式〕嗄、〔貼又跪介〕
〔老旦〕做什麽、〔貼〕嗯、〔老旦〕說、〔貼〕燒香、〔老旦〕燒什麽香、〔貼〕小姐
考
若要萱堂增壽康、全憑早晚一爐香、是保佑老夫人的嗐、
〔旦〕嗄、是保佑我的、〔貼〕保佑老夫人的、〔老旦〕嘖嘖嘖、燒得好
做得好事、敲死你這賤人、〔打貼介貼倒地撒髮哭介云〕哎

燒香嚜怎麽要打介、〔老旦〕哇、賤人嗄、早上綉鞋因甚濕、晚
金鎖為誰開、〔貼〕燒香耶、〔老旦打介唱〕
仙呂正曲〔桂枝香〕我着你行監坐守、誰許你、胡行亂走、一任你、握
攜雲〔貼白〕紅娘怎敢、〔老旦連唱〕常使我、提心在口〔貼作想立
欲走介〕嗄、來了、〔老打介貼跪白〕多不知道嚏、〔老旦唱〕你花
巧語〔貼白〕小姐喚我耶、〔老旦唱〕你花言、巧語〔貼拍地白〕哎呀
麽花言巧語介、〔老旦唱〕將沒作有、〔貼白〕怎敢說謊、〔老旦唱〕
我、出乖露醜、〔貼白〕哎呀好端端有什麽出乖露醜介、〔老旦〕嗄、
還要强辯、還要强辯、〔打介貼身嚇動介云〕哎呀老夫人、屈
屈嚏、〔老旦唱合〕打打你這、賤丫頭、〔貼頑皮哭白〕屈嚏、〔老旦

不說出始末根由、事〔貼掘身哭介老旦白〕賤人〔唱〕我、如何索
休〔白〕快說、〔坐介貼〕老夫人待我說嚏、〔唱〕
〔前腔〕那日閑停刺綉、細把此情窮究、〔老旦白〕實說上來、〔貼唱〕
張、〔老旦白〕張什麽、〔貼唱〕張生病、染沉疴、〔老旦白〕便怎麽、〔貼〕小
說、〔唱〕同我、到書齋問候〔老旦白〕張生病重、我祗着你去問　這句必要
與小姐什麽相干、哎呀這就不該去了、〔貼〕哎呀張生嗄、你
天殺的、〔唱〕使紅娘、暫回〔老旦白〕張生有病、與他什麽相干　背云介
問他、〔對貼打介〕賤人、你快些實說、〔貼連唱〕使紅娘、暫回〔老
旦〕你便回來小姐呢、〔貼唱〕小姐、權〔老旦白〕權什麽、〔貼〕唔、〔老
賤人、好好實對我說、〔貼嘆介〕咳、〔唱〕小姐、權時落後、〔老旦背

（白）哎呀天那、女兒家豈可落後、〔對貼云〕呣後來便怎麼、（貼）唔、落後

就落後了、有什麼介、（老旦）你這賤人、還不說來、（打介）（貼）哎

老夫人、待我說噓、（老旦）快說、（貼）他兩下裏呵、（唱）〔俗增想字非〕做了、鸞交

友、（老旦手抖條脚將板丟中地白）哎呀呀、氣死我也、（貼連唱

謾追求、這始未根原事、如今索罷休、（老旦曲內氣白）呸呸呸

死我也、（氣坐介）（貼拾板對上白）這樣東西嚜、豈是打人的

（丟下塌哭介）（老旦）這事、都是你這賤人之過、〔俗作扯非〕送你到官去、

介（貼反扯老旦手云）是嘎、我正要到官去、（老旦）你怎麼到

去、（貼喬面云）此事、非干張生小姐紅娘之事、都是老夫人

過、（老旦）賤人、怎麼倒是我之過呢、（貼扯老旦雙手）你請坐

（老旦坐介）（貼白）待紅娘說來、信者、人之根本、人而無信、不

其可也、大車無輗、小車無軏、其何以行之哉、當日兵圍普

之際、老夫人親口許之、能退賊兵者、以女妻之、張生非慕

姐顏色、豈肯建退兵之策、今日兵退身安、老夫人悔卻前

豈不爲失信乎、（老旦低頭認過介）（貼連白）既不成其親事、

當酬以金帛、令張生舍此而去、哎呀卻不合留於書院、使

女曠夫、各相窺伺、因而〔俗改老夫人非〕有此一端、（老旦無趣狀悶氣式）（貼

夫人若不息此事、一來辱沒相國家譜、二來張生名望不

既已施恩於人、忍令反受其辱、便到官司、老夫人亦有治

不嚴之罪、（老旦低頭悶氣白介）嘎依你便怎麼樣、（貼）便依

娘愚見、莫若恕其小過、完其大事、[不用多白]實爲長便、(老旦想冷笑
唔唔這賤人、到也說得乾淨、(貼)不達理也不說了、(老旦)啊、
起背云)咳、罷、我不合養了這不肖之女、待要經官、玷辱家
罷罷、我家無犯法之男、再婚之女、便與了這禽獸罷、[重誓科](貼在
旦背後毒指坐介(老旦)啊、(貼立介)(老旦)沒規矩、喚那厮過
(貼)那箇嗄、(老旦)張生、(貼)[只作混白介]哎唷唷唷、紅娘不去的、(老旦)爲何
去、(貼)哪、又道傳消遞息了、(老旦)賤人胡說、看家法來、(貼)嗄、
我去、張生快來、(小生上唱)

南呂引子 **臨江仙** 自古未沉舟可補、如今覆水難收、(貼白)[前後喚帶]方喫你
謝親酒、(哭狀式)(小生)紅娘姐、爲何這般光景、(貼)唔、爲你成
事、連累我打得這般模樣、(小生)哎呀累及你了、(貼)唔、老夫
喚你、(小生)只是惶恐、怎生去見、(貼)喲、做箇假道學面皮老
就進去了、(小生低頭貼扯小生衣進介)(貼)張生來了、(小生)
夫人拜揖、(老旦)我何等敬你、幹出這樣勾當、(小生慢低)小
只此一遭、(貼)唔、[沒法刪之可對觀者低云]若再一遭、外甥多有了、(老旦)啊、喚那不成
的出來、(貼)是、小姐有請、(小旦上白)紅娘怎麽樣了、(貼)老夫
把我拷問、被我直說過了、如今叫你去完成親事、(小旦)羞
答答怎好相見、(貼)喲、像前晚見張生一般、低了頭就是了、
(旦)咳、(唱)

接前引二句 **見人猶靦覥、不敢强擡頭、**(貼推小旦背進介白)

姐到、（小旦）母親、（福介）（老旦）嘖嘖、好箇不出閨門的小姐
你羞也不羞、（貼）小姐是初犯、（老旦）胡說、張生、我今日就將
兒與汝成親、（小生喜打躬小旦遮作）只是一件我家三代無白衣女壻、今晚做親
日就要上京取應、求得一官半職、是老身之幸也、（小生）謹
尊命、（貼）待滿了月去、（老旦）誰要你都嘴、（貼）三朝是要過的、
（旦）什麼三朝四朝、喚賓相來、（貼）哎呀、要什麼賓相、他們兩
（貼）看小生小旦笑介（唱）

仙呂集曲（錦堂月）（晝錦堂首至五）止不過再整鸞儔、（老旦）唔、（同唱）重諧伉
心猿意馬收、畱且把往事從前今朝一筆都勾、（月上海棠四至末句）再
提簡帖傳情、惟願取功名成就、（合）從今後萬里青雲早當馳

（小生小旦下老旦白）紅娘、快收拾行李、明日打點酒餚送
（貼）唔、（老旦）咳、罷了嗄罷了、（欲下）（貼學科）咳、罷了嗄罷了、（老
轉上）嗄、賤人、你怎麼學我、（貼）沒有學老夫人嗄、噲、那箇學
夫人要打的噓、（老旦）賤人、我明明聽見、怎麼說沒有、（貼）混
罷了嗄罷了、（老旦）唔、（貼笑隨下）

西廂記

傷離

二

此曲格式與散曲之四時歡千金笑同

傷離 通呼長亭〔小生宜穿綉褶繫宮絛晉巾挽帶小旦亦服綉襖繫宮絛兜頭插鳳〕

〔不可豔粧以重離情關目時扮雖娛人目與文義不合此弔場萬不可撤好與入夢作引小生上唱〕

南呂引子〔臨江仙〕得效于飛樂未闌誰知事有間關（皺眉介）〔小旦上唱〕人

自古別離難〔泣介對面各覷科〕可憐舍淚眼一步一回看〔各

淚見介小生白〕小姐〔小旦〕妾今日送君上朝取應〔泣介〕早

離人傷感〔小生與小旦拭淚云〕小生一見小姐之後受無

之苦得效于飛之願豈非天幸不料老夫人逼我起程赴

我此去功名唾手即便回來小姐自宜保重休爲我煩悶

損花容〔小旦泣介不語〕〔小生〕沒奈何只得去走一遭〔小旦

呀況值暮秋時候好煩悶人也〔丑暗上白〕相公文房四寶

劍書箱已着人挑至前邊等候去了〔小生〕知道了你可帶

先行待我緩步而來〔丑應作帶出馬先走貼捧杯盤酒壺

〔白〕嗄小姐老夫人又催多次請張生出門去罷〔小旦低頭

理小生白介〕小姐請〔小旦悲云〕悲歡離別一杯酒南北東

四馬蹄〔唱〕

正宮過曲〔普天樂又一體〕碧雲天黃花地〔小生同唱〕西風緊鴈南飛（淨扮車夫曲內推車上）

來時誰醉染霜林多管是別離人淚恨相見的遲怨疾歸去

柳絲長玉驄難繫恨不得倩疎林掛住（俗增不字非）斜暉去匆匆程途怎

念恩情使人如醉如癡〔小旦唱介〕

鴈過聲〔換頭〕思之不忍分離見安排車兒馬兒不由人熬熬煎（俗增不字非）

氣〔貼白〕今日小姐怎不打扮〔小旦唱〕有甚心情〔照映淡粧〕打扮的嬌嬌

準備着衾兒枕兒只索要沉沉睡憂愁訴與誰昨宵箇繡衾

暖雷春住今夜裏翠被生寒有夢知〔小生小旦各坐近膝共

唱介〕

傾杯序〔換頭〕悽遲頃刻間冷翠幃〔悲咽唱〕寂寞添十倍〔拭淚介〕

〔生雙手攙小旦手接唱〕想前暮私情昨夜成親今日別離

〔小旦雙手執小生右手小旦唱〕全不念腿兒相壓臉兒

恨誰知〔左腿急拍介〕

相偎手兒相攜〔合〕怎割捨得須臾輕別霎時易拋擲〔各立小

上馬與丑中轉小旦同貼上車外轉同唱〕

玉芙蓉秋風聽馬嘶落日山橫翠害相思無夜無明相繼淚

九曲黃河溢恨壓三峰華岳低〔小生下馬小旦貼下車對面

看唱〕長吁氣車兒投東馬兒向西徘徊處尋思就裏險化

望夫石〔小旦泣白〕張生此一行嗄得官不得官疾早便回來

〔生悲云〕小姐請放心小生此一去白奪一箇狀元真乃是

雲有路終須到金榜無名〔咬齒云〕誓不歸〔小旦拭淚云〕君行別無

贈口占一絕爲君送行棄擲今何道當時且自親還將舊

意〔攙小生手咽云〕憐取眼前人〔小生〕小姐之意差矣〔歎云〕張珙

敢憐誰謹賡一絕以剖寸心人生長遠別孰與最關親不遇

知音者〔酸鼻左手執小旦手〕誰憐長嘆人〔右手拍小旦肩介〕〔各撲大哭小旦

介〕

〔小桃紅〕淋襟袖啼情淚、奈眼底人千里、〔小生勸介白〕小姐相不遠、不必過悲、〔小旦執小生手唱〕執手未登程、先問歸期、〔斟酒遞與小旦小旦執杯福送小生小生作咽不飲式杯與貼小生揖介小旦拜下小生攙住二拜小生唱介〕別酒傾、未飲心先醉、〔小旦貼同唱〕魚來鴈去、書頻寄、〔各攙手兩拜介小旦看小生回盼上馬卽與貼上車合唱〕免使人心下灰、

〔尾聲〕蝸角名、蠅頭利、拆散鴛鴦兩下裏〔不用念白〕〔臨下場對面各望定哭不忍强拭淚下琴童或竟隨下或渾白皆可介小旦見生下響哭〕〔貼〕小姐免愁煩、回去罷、〔車夫右轉推回小旦紐望唱〕笑吟吟一處來、哭啼啼、獨自歸〔下〕

離恨重疊
破題兒
第一
夜

入夢 通呼草橋（小生作騎馬上丑挑行李隨介小生白上）

離了蒲東二十里也、（作望遙指介）兀的前面是草橋店、到

且宿一宵、明日早行、（丑）相公請、（小生作催馬馬不行介）嗄、

馬百般的不肯走、（丑）箇畜生也懂人意勾、（小生嘆介）咳、行

一鞭催瘦馬、羈愁萬斛引新詩、（唱）（俗即唱上）

入南呂引 新水令 與雙調引不同 望蒲東蕭寺暮雲遮、慘離情半林黃葉、

加鞭又勒介 馬遲人意懶、風急鴈行斜、（怨聲而唱）離恨重

破題兒第一夜、（丑白）相公這裏是哉、（歇下行裝介）（小生作下

介丑叫 店家有麽、（末扮店主上）來了、草橋旅舍停隹客、明

清風作主人、（丑見介）店主人、我相公在此借宿、（末）如此請

人上房裏下者、（小生進介末接丑馬扯進式即拴介）（小生

家撒和了馬者、點上燈來、（丑將行李挑進放下場白）點箇

來、（末）是、官人要喫晚飯麽、（小生）諸般不喫、只要睡了、（末）嗄、

安置罷、小二、點燈到上房、關了店門罷、（下）（小生）你在此睡

罷、（丑）小人也辛苦、要去歇息哉、（下）（小生揮身即關門進桌

咳、想着昨夜的受用、便是今日的凄涼、甚睡魔到得我眼

來、（唱）

仙呂正曲 步步嬌 昨宵箇翠被香濃、熏蘭麝、欹枕把身軀兒趄、臉（宜做出神之想）

（化之狀）廝揾者仔細端詳、（凝神心悅）可憎的別、（復作深思）雲鬢玉梳斜、（自喜式）恰似半

初生月、（內作敲更鼓一下小生虛驚呆聽鑼聲愁

江兒水旅館欹單枕，亂蛩鳴四野，助人愁紙窗外風兒裂（作遮云）
（走進桌右介）眠被兒薄又怯冷，清清幾時溫得熱，有限姻緣方寧貼，無奈
名抵死教人離鈌（手拍桌怨科）
清江引（此曲雙調正曲不同）呆打孩店房中沒話說，悶對如年夜，暮雨
寒蛩曉風吹殘月，今宵酒醒何處也（內打二更呆聽歎氣）
呵欠緩睡介（小旦）伺更鑼聲盡上唱
南呂正曲香柳娘走荒郊曠野，（聲微步細弱身隨狀）走荒郊曠野，把不住心嬌體怯喘
吁難將兩氣接（自恐瘖笑式）瞞過了能拘管的夫人，瞞過了
拘管的夫人（皺眉又喜介）穩住廝齊攢的侍妾（掇裳作心急
遲狀）疾忙趕上者（合）為恩情怎捨，為恩情怎捨，因此不憚

路途賒，誰曾經這磨滅（小生作似醒非醒翻身換手嘆困介）
旦連唱
前腔想他臨行上馬，想他臨行上馬，其實痛嗟，哭得我似癡
瘦得我恁啅嗻，別離剛半晌，別離剛半晌，早覺翠裘兒掩過
三四摺（合）看清霜滿路，看清霜滿路，高下路迴折，吱呀張生
我在這裏奔馳，你在何處困歇（作到式夢語介）（白）在這座店（輕打更鑼三下）
下，待我敲門者。開門，（敲三下）開門（小生聞擊卽開眼未醒）
唱
前腔是人可分說，是人可分說（小旦悲云）是奴（小生聽呆立）
唱）是鬼速絕滅（小旦白）我想你去了，幾時纔得見，特來和

同去、（小生驚狀唱）聽罷語言（小生作開門小旦如夢迎介
生顛拽小旦袖疑看進式唱）將香羅袖兒拽（小旦不語垂
拭淚小生又信又疑式唱）且定睛看者（小旦又拭淚介）（小
亦擦眼唱）且定睛看者（小旦迎對小生面泣白）張生呵、（小
認明狀唱）原來是小姐、（各攙手介）你爲人能爲徹（合）將衣（與小
（露介）不藉將衣袂、不藉（見小姐脚介）繡鞋兒都被露泥惹脚心兒
踏破也（小旦白）我爲郎君、顧不得迢遞、（唱）
前腔 想着你忘餐廢寢想忘餐廢寢放不下些（小生白）難得
姐的心腸也、（小旦唱）到如今香消玉減花開花榭你衾寒
冷你衾寒枕冷哎呀鳳分與鸞拆（叶韻）月圓被雲遮（小生悲哭拭

小旦唱（合）這牽腸割肚這牽腸割肚倒不如義斷與恩絕（着力而唱）
思起痛傷嗟（小生唱）（拭淚泣介）
前腔 想人生在世想人生在世最苦是離別關山萬里教我
自跋涉小姐你休休道一時你休休道一時花殘與月缺瓶墜玉
折（小旦白）休戀異鄉花草、（小生搖手唱）（合）總春嬌怎惹總春
怎惹（雙攙小旦手介）生則願同衾（合唱）死則願同穴（內作喊
用輕鑼鼓雜扮孫飛虎作敗式執鎗慧明揑棍白馬將軍
戟各帶套臉似追狀小生小旦攙手在內右轉作驚式孫
虎敗領外圍左一轉小旦乘隙悶下小生進桌作睡介孫
虎引衆下（小生眼尚閉口叫介白）哎呀小姐、（丑擦眼上）相

拉去叫那箇、（小生驚抱住丑介）哎呀我那小姐呵、（丑）哎

公、我是琴童噓、（小生認明卽放四面呆看醒介）哎呀做了

場大夢、（丑）眞正踏着子魘門哉、（小生思疑）與我開門看者、

（應）見子鬼哉、（開門介小生走出細看嘆介白）但見一天霜

滿地霜華、（丑）五更頭哉、（小生）曉星初上、殘月猶明、嘎無端 俗改

雀高枝上、一枕鴛鴦夢不成、脫御悲狀（丑）相公且打箇吨兒、起身去

（小生唱）

（尾聲）柳絲長、情牽惹、冷清清、獨自嘆嗟、（丑將門關介）（小生唱

滴滴玉人兒、何處也、（丑扶小生下）

還魂以驚夢而起西厢用入夢而結作者之意深矣